Le Mi

Nathaniel Hawthorne naquit dans le Massachusetts en 1804. Il reçut une éducation puritaine qu'il ne renia jamais et qui marqua beaucoup son œuvre. Sa conception pessimiste de la nature humaine commande la psychologie de tous ses romans. Quant à ses personnages, ils vivent de tragiques et douloureux dilemmes.
Se défiant des hommes, Hawthorne se plaisait dans la solitude. Et c'est en pleine campagne, dans l'isolement de maisons paysannes, qu'il aimait à écrire. Il composa ainsi les deux livres qui le placèrent au premier rang des romanciers américains: *La Lettre écarlate* et *La maison aux sept pignons.*
Le recueil des *Contes du Bois Touffu* (titre original: Tanglewood Tales), paru en 1853, contient l'adaptation de cinq récits de la mythologie grecque. *Le Minotaure* est l'un d'entre eux. Le livre connut un immense succès auprès du public anglo-saxon car il est captivant et fort bien écrit. Nathaniel Hawthorne voulait rendre l'imagination enfantine sensible aux légendes antiques. Ses propres enfants furent ses premiers lecteurs. L'écrivain reconnait avoir eu pour but de *substituer un ton gothique ou romantique à la froideur classique.*
Hawthorne mourut à Plymouth en 1864.

Régis Loisel, né en 1951 à Saint-Maixent, autodidacte, dessinateur dans l'âme et rêveur incorrigible, il commence à faire de la BD très jeune. En 1972, il monte à Paris et ne se livre plus qu'à son sport favori: le dessin. Aussi bien humoriste que réaliste, créatif mais paresseux, il collabore à différentes revues et illustre des livres pour enfants. Il a illustré pour l'école des loisirs: *Lawrence d'Arabie* de Jean-François Bory et *La retraite de Russie* de Jean-Baptiste de Marbot.

ISBN : 978-2-211-05525-3

Loi n° 49.956 du 16 juillet 1949 sur les publications destinées à la jeunesse : juillet 2001
Dépôt légal : novembre 2013
Imprimé en France par Hérissey à Évreux (Eure) - N° 121395

Nathaniel Hawthorne

Le Minotaure

Conte de la mythologie grecque

Préface et lexique de Catherine Chaine
Texte intégral
illustré par Régis Loisel

Médium
11, rue de Sèvres, Paris 6e

Préface

La légende du Minotaure est née en Grèce il y a si longtemps qu'il est impossible de dire quand les conteurs ont commencé à la raconter. Ce dont nous sommes sûrs, c'est qu'elle existait déjà au huitième siècle avant Jésus-Christ, puisque les archéologues ont retrouvé des vases de cette époque où l'on voit Thésée tuant le Minotaure.

A cette date, les palais de Cnossos en Crète, les villes fortifiées de Mycènes et de Tyrinthe dans le Péloponnèse étaient déjà construits et les Grecs, c'est-à-dire, à ce moment là, les habitants de la Grèce mais aussi de la Crète, des îles de la mer Égée et de la côte d'Asie Mineure, avaient déjà un long passé.

Depuis toujours ces Grecs aimaient forger des légendes. Ils les créaient, les transformaient, les organisaient entre elles au fur et à mesure de leur histoire. Ces centaines de récits disaient les aventures de leurs dieux et de leurs héros. Quand, au huitième siècle, Homère a écrit ses deux poèmes de l'Iliade et de l'Odyssée, il connaissait par cœur le nom, le physique, le caractère de chaque dieu, de chaque déesse, de chaque héros qu'il mettait en scène.

Dès l'époque d'Homère donc, tous ces récits formaient un tout bien organisé que l'on appelle aujourd'hui mythologie grecque. La plupart des spécialistes de la mythologie qui ont essayé de mettre un peu d'ordre dans ce foisonnement de légendes distinguent trois grandes sortes de mythes.

1.

Les mythes qui proposent une explication aux grands mystères du monde. Ainsi l'histoire de Deucalion et Pyrrha était pour les Grecs l'un des récits de la création des hommes. Zeus, le plus grand des dieux, écœuré par les vices des hommes, décida de leur envoyer un déluge et de les noyer tous, sauf deux justes, Deucalion et Pyrrha. Deucalion et Pyrrha construisirent donc une arche et flottèrent neuf jours et neuf nuits. Quand le déluge cessa, Zeus leur offrit de réaliser le vœu de leur choix. Deucalion voulut avoir des compagnons. Zeus leur ordonna alors de jeter des pierres par dessus leurs épaules. C'est ce qu'ils firent. Des pierres de Deucalion naquirent des hommes, de celles de Pyrrha, des femmes.

La légende de Pandore, elle, montre comment les Grecs comprenaient la présence du mal dans la vie. Pandore, la première femme, avait été créée par Athéna, – l'une des filles de Zeus – et Héphaïstos, le plus habile des dieux (voir lexique p. 86). Tous les autres dieux ornèrent Pandore d'une qualité mais Hermès mit dans son cœur la fourberie. Zeus décida d'envoyer Pandore à Epiméthée, le frère de Prométhée qui venait de voler le feu divin. Quand Pandore arriva chez Epiméthée elle aperçut une jarre fermée par un couvercle qui renfermait tous les maux. Pandore, dévorée par la curiosité, souleva le couvercle et tous les maux s'échappèrent.

La germination du blé était, elle aussi, expliquée par une légende, celle de Déméter. Perséphone, la fille unique de Déméter, fut enlevée par Hadès, le dieu des Enfers, qui, séduit par sa beauté, l'entraîna dans son royaume des morts. Déméter, furieuse, décida de ne plus faire pousser le blé jusqu'à ce qu'on lui rende sa fille. Zeus, voyant la terre stérile, demanda à Hadès de rendre Perséphone à sa mère. Après de longues discussions Hadès consentit à libérer Perséphone du printemps à l'automne. C'est pourquoi le blé pousse à ce moment là.

2.

Les légendes qui sont tout entières centrées sur les aventures d'un dieu ou d'un héros, comme celle de Thésée (voir lexique p. 90), de Jason (voir p. 87), d'Héraclès (voir p. 87), etc. etc.

3.

Les récits qui trouvent leur unité autour d'une histoire, d'une intrigue. Le plus célèbre, dans cette catégorie, est celui de la guerre de Troie. L'Iliade raconte la Fureur d'Achille, un des épisodes du siège de la ville de Troie.

Ces classifications sont affaires de spécialistes. Le lecteur naïf qui se plonge dans ces légendes découvre d'abord à travers chacune d'elles comment les Grecs vivaient avec leurs dieux. Dans celle du Minotaure les Immortels semblent assez discrets : seuls Héphaïstos et Héraclès sont nommés, et pourtant, pour les Grecs de l'Antiquité qui écoutaient le récit, les dieux étaient partout présents parce que ces auditeurs savaient tous que Minos était fils de Zeus, Médée, fille du Soleil, et Thésée, d'après certaines versions, fils de Poséidon et non pas d'Égée.

Dès le troisième millénaire avant Jésus-Christ, le vent, la tempête, la germination du blé, la fécondité des femmes, étaient pour les Grecs les signes de forces surnaturelles. Mais très vite ils ont donné des noms et des formes humaines à ces puissances obscures. Pour se rapprocher du divin ils ont imaginé des dieux. C'est ainsi que sont nés Zeus, Athéna, Apollon, Héphaïstos, Poséidon et toutes les divinités de l'Olympe.

Chacun de ces dieux a une vie mouvementée, pleine d'aventures et d'actions. Dans l'Iliade nous les voyons s'aimer, se disputer, « rire d'un rire inextinguible », choisir leurs protégés et leurs ennemis parmi les hommes.

D'ailleurs bien avant que Phidias ne les sculpte dans le marbre au cinquième siècle avant J.-C., tous les Grecs se représentaient leurs dieux dans le moindre détail. Chez Homère leurs traits sont déjà fixés.

Athéna a les yeux pers. Héra porte des nattes luisantes et se pare de pierres précieuses grosses comme des mûres, Zeus porte un manteau d'or, Héphaïstos boite, le poil de Poséidon est tellement noir qu'il devient bleu.

La frontière entre l'humain et le divin n'est pas très nette dans le monde grec d'avant Jésus-Christ. Thésée est un personnage aussi considérable que beaucoup de dieux, Diomède, l'un des plus valeureux Achéens de la guerre de Troie a quelque chose de divin avec la flamme symbolique qui brûle au sommet de son casque. D'ailleurs Diomède blesse la déesse Aphrodite au poignet pendant un combat.

Les dieux grecs évolueront avec le temps. Capricieux au temps d'Homère, parce que reflets d'une société aristocratique de grands propriétaires terriens, ils deviendront justes et protecteurs de la cité avec l'avènement de la démocratie (5e siècle av. J.-C.), pour se transformer en dieux guérisseurs et universels à l'époque hellénistique (à partir d'Alexandre le Grand).

Thésée, Orphée, Oedipe, Prométhée, étaient-ils des dieux ou des hommes ? Personne ne s'en soucie plus hormis quelques historiens. La religion, les cultes grecs ont disparu. De tous ces dieux, seuls demeurent ces mythes et la splendeur de leurs images.

LoiseL.R

Le Minotaure

Dans l'antique cité de *Trézène,* située au pied d'une haute montagne, vivait autrefois avec sa mère un petit garçon qui avait nom *Thésée.*

Le roi *Pitthée,* son grand-père, régnait sur cette contrée et passait pour un prince accompli ; aussi le jeune Thésée, doué par la nature de brillantes qualités, élevé à la cour et sous les yeux de son aïeul, ne pouvait manquer de profiter des sages instructions du monarque.

Sa mère s'appelait *Éthra.* Quant à son père, l'enfant ne l'avait jamais vu. Mais il se souvenait que, dès son âge le plus tendre, Éthra allait souvent dans un bois où se trouvait un rocher profondément enfoncé dans la terre et recouvert de mousse. Là, elle le faisait asseoir à côté d'elle, et lui parlait de son père. Elle lui disait qu'il se nommait *Égée,* que c'était un grand roi, qu'il régnait sur *l'Attique* et résidait à *Athènes,* fameuse entre toutes les cités du monde.

L'enfant n'avait pas de plus vif plaisir que d'entendre ces récits, et demandait souvent à sa mère pourquoi l'illustre auteur de ses jours ne venait pas habiter avec eux à Trézène.

«Hélas! mon cher fils», répondait Éthra en soupirant, «le premier devoir d'un souverain est de veiller sur son peuple. Ses sujets lui tiennent lieu d'enfants, et il peut rarement consacrer quelques instants à sa famille, comme le font des parents ordinaires. Votre père ne quittera jamais son royaume pour venir voir son fils bien-aimé.»

«Alors, chère mère, pourquoi n'irais-je pas moi-même visiter cette fameuse cité d'Athènes, et rappeler au roi Égée que je suis son fils?»

«Cela pourra se faire plus tard. Un peu de patience, et nous verrons. Vous n'êtes ni assez grand ni assez fort pour exécuter un tel projet.»

«Et dans combien de temps serai-je assez fort?» demandait le jeune prince avec insistance.

«Vous n'êtes encore qu'un tout petit enfant,» répliquait sa mère. «Voyez si vous pouvez soulever le roc sur lequel vous êtes assis.»

Plein de confiance dans ses propres forces, l'enfant se cramponna aussitôt aux aspérités de la pierre, tira, poussa, se roidit. Il était hors d'haleine, mais le rocher demeura complètement immobile, comme s'il eût été attaché au sol par de puissantes racines. Il n'y avait pas lieu, du reste, de s'en étonner, car il aurait fallu, pour ébranler une telle masse, les efforts musculaires de l'homme le plus robuste.

Témoin de tant d'ardeur, d'ambition et de faiblesse, Éthra ne put s'empêcher de sourire tristement; puis son cœur s'émut à la pensée que c'était le début significatif et prématuré de son fils dans la carrière des aventures.

«Vous le voyez bien, Thésée, il faut que vous acquériez encore beaucoup plus de force avant de tenter le voyage d'Athènes, et d'aller dire au roi Égée qui vous êtes. Mais, je vous le promets, aussitôt que vous pourrez soulever ce rocher et me montrer ce qui est caché dessous, je vous permettrai de partir.»

A dater de ce moment, Thésée ne cessa de demander à sa mère si le temps était bientôt venu de se rendre à Athènes. Celle-ci se contentait de lui indiquer ce qu'il avait à accomplir auparavant, et ajoutait que, pendant des années encore, il ne serait pas en état d'entreprendre ce voyage.

Malgré cette réponse si absolue, le tendre enfant aux joues roses et rebondies, aux cheveux bouclés, renouvelait fréquemment ses essais. Il fallait le voir tordre ses jolis bras potelés contre une masse tellement pesante, qu'un géant n'eût pas eu trop de ses deux larges mains pour entreprendre ce travail.

Cependant le rocher paraissait de plus en plus solidement enfoncé dans la terre. La mousse qui en couvrait la surface, devenant chaque jour plus épaisse, avait fini par former comme un charmant tapis vert, dont le tissu était percé çà et là de quelques pointes de granit. Au-dessus s'entrelaçaient les branches des arbres, qui laissaient tomber leurs feuilles roussies, au retour de chaque automne; à la base, croissaient des fougères et des plantes sauvages et grimpantes, dont quelques-unes envahissaient ses flancs. Selon toute apparence, il était étreint et fixé dans le sol avec une solidité inébranlable.

Malgré les difficultés d'une pareille œuvre, Thésée, devenu un vigoureux jeune garçon, se flattait d'arriver bientôt à l'époque heureuse où il pourrait triompher de la résistance du rocher.

« Mère », s'écria-t-il un jour après avoir fait une nouvelle épreuve de ses forces, « je crois qu'il a remué. Certainement, la terre est un peu craquée autour. »

« Non, non ! » s'empressa de répondre sa mère, « ce n'est pas possible, vous n'en êtes pas encore capable ! »

Thésée ne se rendait pas à ces dénégations, et lui montrait un endroit où il s'imaginait que le mouvement de la pierre avait déraciné la tige d'une fleur.

Éthra se prenait à soupirer, et devenait toute mélancolique. Car, elle ne se le dissimulait plus, son fils avait cessé d'être un enfant ; bientôt elle allait le voir s'éloigner et s'exposer aux périls du monde.

Une année s'était à peine écoulée depuis ces premières et tristes réflexions. La mère et l'enfant se retrouvaient assis sur la pierre couverte de mousse.

Éthra lui redit l'histoire de son père, tant de fois déjà racontée ; elle lui répétait avec quel bonheur Égée l'accueillerait dans son palais, comme il se ferait gloire de le présenter à ses courtisans et à son peuple, et de le proclamer, en leur présence, l'héritier de son empire.

A ces mots, le plus vif enthousiasme éclata dans les regards de Thésée, qui put à peine demeurer en place, tant sa joie était grande.

«Ma chère mère», s'écria-t-il, «je ne me suis jamais senti si fort! Je ne suis plus un enfant! Je suis un homme! Le temps est venu de faire un suprême effort pour soulever la pierre.»

«Mon cher Thésée! attends; non, pas encore!»

«Mère, il le faut; oui, je vous le dis, le moment est arrivé!»

Thésée se prépara à renouveler ses tentatives. Tout ce qu'il avait de courage dans le cœur fut résolument mis en œuvre. Il étreignit, de ses bras nerveux, la roche inerte. On eût dit un athlète attaquant un colosse vivant. Dans cette lutte désespérée, il était décidé à vaincre ou à périr, en laissant le rocher comme monument éternel de sa valeur et de sa mort!

Éthra, debout, immobile, contemplait cette lutte acharnée. Elle sentait son cœur maternel tour à tour s'enfler d'orgueil et se remplir d'ef-

LOISEL

froi et d'alarmes. Le rocher s'était ébranlé! Un dernier effort le soulève, le déracine en arrachant les fleurs et les plantes qui y sont attachées, enfin le retourne et le renverse sur son flanc.

Thésée avait triomphé!

Tout en reprenant haleine, il jette un regard de satisfaction sur sa mère. Le visage d'Éthra laissait briller un sourire à travers ses larmes.

«Oui, mon enfant», dit-elle, «c'en est fait, le temps est arrivé; tu ne dois plus rester à mon côté! Vois ce que le roi Égée, ton noble père, a déposé sous cette pierre, quand il la souleva de ses bras puissants et la fixa à la place d'où tu viens de la retirer.»

Thésée s'aperçut alors que le rocher avait été posé sur une autre pierre plate, au milieu de laquelle une cavité avait été pratiquée. Le tout ressemblait par conséquent à un coffre massif, dont l'énorme rocher était le couvercle. Au fond de la cavité se trouvaient un glaive à poignée d'or et une paire de sandales.

«C'était le glaive de ton père», dit Éthra, «et voilà ses sandales! Quand il devint roi d'Athènes, il m'ordonna de te traiter comme un enfant, jusqu'à l'époque où, soulevant cette roche, tu montrerais que tu étais devenu un homme. Ta tâche est accomplie. Tu n'as plus qu'à prendre ces sandales, pour suivre les traces glorieuses de ton père, et à ceindre ce glaive. Tu peux maintenant combattre les géants et les dragons, comme fit le roi Égée dans sa jeunesse. »

« Je partirai pour Athènes, aujourd'hui même ! » s'écria Thésée.

Mais sa mère obtint de lui de retarder son départ d'un ou deux jours, afin qu'elle pût préparer ce qui lui était nécessaire pour entreprendre ce voyage.

En apprenant que son petit-fils était déterminé à se présenter à la cour d'Athènes, le sage roi Pitthée lui conseilla avec sollicitude de faire ce trajet par mer. De cette façon il arriverait sans danger, et même sans fatigue, à une quinzaine de milles de la capitale de l'Attique.

«Les routes sont très mauvaises», disait le monarque vénérable, «et terriblement infestées de brigands et de monstres. Mon petit-fils ne doit pas s'exposer, à son âge et tout seul, aux hasards d'une telle entreprise: il faut absolument qu'il aille par mer!»

Quand Thésée entendit parler de monstres et de brigands, son attention fut vivement excitée; il n'en désira que plus ardemment prendre les routes où il pourrait les rencontrer.

Le troisième jour, il fit respectueusement ses adieux à son aïeul, en le remerciant de tous ses soins affectueux.

Après avoir embrassé avec effusion sa mère, dont les larmes inondaient les joues, il s'arracha de ses bras et partit. Il faut bien le dire aussi, à ces larmes maternelles se mêlèrent celles qui coulèrent abondamment des yeux du jeune homme. Mais le vent et le soleil les eurent bientôt séchées. Il marchait d'un air assuré, jouant avec la poignée d'or de son glaive, et s'éloignant bravement et à grands pas avec les fameuses sandales.

Je ne peux interrompre mon récit pour vous décrire toutes les aventures arrivées à notre héros pendant son voyage jusqu'à Athènes. Qu'il vous suffise de savoir qu'il débarrassa toutes les contrées qu'il traversait des brigands dont s'était tant alarmé le roi Pitthée.

Un de ces scélérats s'appelait *Procuste.* Son nom seul répandait la terreur, car il prenait plaisir à infliger des tourments horribles aux malheureux voyageurs qui tombaient en son pouvoir.

Il avait dans sa caverne un lit sur lequel, en affectant une hospitalité empressée, il priait ses hôtes de se coucher. S'il arrivait que le lit fût plus long que leur corps, ce monstre les y étendait et allongeait de force leurs membres. S'ils étaient plus grands que le lit, il leur tranchait la tête ou les pieds, et riait de ce qu'il avait fait comme d'une excellente plaisanterie. Aussi, comme bien vous pensez, personne, si fatigué qu'il fût, n'aimait à se reposer sur le lit de Procuste.

Un autre de ces misérables, nommé *Scinis,* était un monstre chargé de crimes. Il avait l'habitude de lancer ses victimes dans la mer du haut d'une falaise escarpée. Pour le châtier comme il le méritait, Thésée le lança également dans l'espace, de l'endroit même où il commettait ses forfaits.

Vous me croirez si vous voulez, la mer ne voulut pas se souiller en recevant dans son sein une aussi détestable créature; et la terre, une fois débarrassée de lui, refusa de le reprendre. Scinis demeura suspendu dans les airs, qu'attrista désormais sa funeste présence.

Après avoir accompli ces exploits mémorables, Thésée entendit parler d'un sanglier énorme qui portait la désolation dans toutes les campagnes environnantes. Comme il ne négligeait aucune occasion de faire le bien partout où il passait, notre jeune héros tua le monstre et

LOISEL

l'abandonna aux habitants pauvres, qui en salèrent la chair pour s'en nourrir.

Cette gigantesque bête féroce avait été un objet d'épouvante quand elle ravageait les champs et les forêts. Mais son corps et ses membres coupés en morceaux, cuits à point, savoureux, et servis sur mainte table, ne firent que réjouir la vue, flatter l'odorat et exciter l'appétit des convives.

Ainsi, sans perdre de vue le but de son voyage, Thésée s'était illustré par plusieurs hauts faits à l'aide du glaive à poignée d'or de son père, et avait déjà conquis la réputation d'un des plus braves jeunes gens de son temps. Son renom le précédait partout sur sa route, et le bruit de ses grandes actions était même parvenu jusqu'à Athènes.

A son entrée dans cette ville, il vit les citoyens groupés aux coins des rues, mêlant son nom à leurs entretiens. *Héraclès, Jason, Castor et Pollux* étaient, à leur avis, des modèles de bravoure ; mais ils prédisaient que Thésée, le fils de leur roi, se placerait un jour au-dessus de ces héros.

En entendant ces propos flatteurs, celui qui en était le sujet accéléra sa marche, certain qu'une magnifique réception l'attendait à la cour de son père, et que la *renommée,* embouchant sa trompette, allait crier au roi : « Voilà ton fils ! »

Il ne soupçonnait pas, le naïf jeune homme, que dans cette même ville d'Athènes, où régnait pourtant son père, des dangers plus grands menaçaient ses jours.

C'était pourtant la vérité. Il faut que vous sachiez que le roi Égée, sans être très avancé en âge, dépérissait à vue d'œil, usé par les soucis du gouvernement, et affaibli par une vieillesse prématurée.

Ses neveux, comptant bien que le monarque ne vivrait pas longtemps, projetaient de se partager ses États. Mais quand ils apprirent que Thésée arrivait à Athènes, et qu'il se signalait par une si rare bravoure, ils comprirent qu'il ne les laisserait pas facilement s'emparer d'un sceptre et d'une couronne dont l'héritage lui revenait légitimement.

Ces méchants princes, les propres cousins de

Thésée, se tournèrent aussitôt contre lui; et *Médée,* rangée parmi ses ennemis, nourrissait une haine encore plus atroce. Cette cruelle magicienne, alors l'épouse du roi, désirait transmettre le pouvoir à son fils *Médus,* et exclure du trône le fils d'Éthra qu'elle détestait.

Les neveux du monarque découvrirent Thésée, et allèrent à sa rencontre juste au moment où il atteignait le seuil du palais.

Renfermant dans leur âme leurs funestes desseins, ils offrirent à leur cousin l'assurance d'une affection sincère, et lui exprimèrent toute la joie qu'ils ressentaient de faire sa connaissance. Puis ils lui proposèrent de le présenter au roi comme un étranger, afin de voir si celui-ci pourrait distinguer dans ses traits quelque ressemblance avec lui-même ou avec sa mère Éthra, et s'il le reconnaîtrait pour son fils.

Thésée consentit à cette épreuve. Il s'imaginait que son père, inspiré par la nature, n'hésiterait pas un seul instant.

Mais, tandis qu'il attendait à la porte, les traîtres coururent vers le roi et lui dirent qu'un inconnu nouvellement débarqué à Athènes avait formé le projet, selon les informations par eux recueillies, d'attenter à ses jours et de s'emparer de sa couronne.

« Et », ajoutèrent-ils, « il demande en ce moment la permission d'être admis en présence de Votre Majesté. »

« Ah ! ah ! » s'écria le monarque, « mais en vérité ce doit être un coquin achevé que ce jeune audacieux ! Voyons, mes amis, que me conseillez-vous de faire de lui ? »

A cette question, la méchante Médée trouva l'occasion de placer son mot.

Je vous l'ai déjà dit, c'était une magicienne, et des plus fameuses. Si l'on en croit certains documents, elle persuadait aux gens qu'elle pourrait leur rendre la jeunesse, en les plongeant dans une chaudière remplie d'eau bouillante.

Mais le roi Égée, je le suppose, n'ajouta pas foi à ces assurances, ou se résigna à rester vieux, plutôt que de se laisser calciner au fond d'une chaudière.

S'il ne fallait pas ménager le temps pour traiter des sujets d'une plus grande gravité, j'aimerais à vous décrire le char de feu de Médée, tiré par des dragons ailés, dans lequel cette enchanteresse s'élevait souvent au milieu des nuages. C'est dans ce char qu'elle parut pour la première fois à Athènes, où sa vie n'avait été depuis qu'une longue suite de crimes.

Mais je suis forcé de passer sous silence le récit de ses forfaits et de ses prodiges. Je me contenterai de vous dire qu'au nombre de ses crimes était l'invention d'un poison assez subtil pour tuer instantanément quiconque l'effleurerait seulement de ses lèvres.

Aussi, le roi ayant demandé ce qu'il devait résoudre au sujet de l'inconnu, cette femme horrible eut une réponse toute prête.

«Que Votre Majesté me laisse le soin de cette affaire», répliqua-t-elle. «Admettez en votre présence ce jeune homme aux sinistres projets, traitez-le avec bienveillance et invitez-le à boire une coupe de vin. Votre Majesté n'ignore pas que je m'amuse parfois à distiller des essences d'une grande vertu. Cette petite fiole renferme un mélange que j'ai composé moi-même, et dont je connais seule le secret. Permettez-moi d'en verser une seule goutte dans la coupe, et

.Loisel.R.

s'il la porte à ses lèvres, je vous réponds qu'il aura bientôt perdu toute idée de mettre à exécution ses horribles complots. »

Médée accompagna ces paroles d'un sourire mais, tout en affectant un air gracieux, elle ne se préparait à rien moins qu'à empoisonner Thésée devant les yeux de son père.

Le roi Égée, semblable à la plupart des rois se souciait peu que le châtiment fût doux ou rigoureux, quand il tombait sur un homme accusé de conspirer contre son existence : aussi ne fit-il pas d'objection.

Il ordonna d'introduire l'étranger sans plus de retard.

La coupe fut placée sur une table, à côté du trône ; et une mouche, s'étant avisée d'en venir sucer les bords, tomba morte immédiatement dans la liqueur. Médée, d'un regard, fit observer cette circonstance aux neveux, et sourit de nouveau avec complaisance.

Thésée, une fois amené dans l'appartement royal, n'eut d'attention que pour contempler le vieux monarque, dont la barbe blanche rendait l'aspect encore plus vénérable.

Il était là, assis sur un trône splendide, une couronne étincelante sur la tête et un sceptre dans la main. L'âge et les infirmités affaissaient son corps, sans cependant enlever à sa figure la noblesse et la majesté.

Les yeux du jeune homme se mouillèrent de larmes. Larmes de joie et de tristesse, car il souffrait en voyant son père si faible et si infirme, et en même temps il se réjouissait à l'idée de lui apporter le soutien de sa jeunesse et de sa vigueur, de l'entourer de soins, de sollicitude et d'amour.

Pour ranimer dans un vieillard les sources épuisées de la jeunesse, la chaleur d'un cœur filial est plus puissante que tous les liquides en ébullition dans la chaudière magique de Médée; et il tardait à Thésée de laisser éclater les sentiments affectueux qui remplissaient son cœur. Il lui fut impossible de mettre plus longtemps à l'épreuve la mémoire de son père; il n'avait plus qu'un désir: c'était de se jeter à ses pieds.

Il s'avance vers les marches du trône et essaye de prononcer un petit discours qu'il avait préparé en montant l'escalier du palais. Mais l'émotion arrête sur ses lèvres l'expression des sentiments dont son âme était de plus en plus envahie. Sa poitrine se gonfle; il reste muet et interdit, sentant qu'il n'a plus qu'à déposer entre les mains d'Égée un cœur trop plein et succombant à l'émotion.

Médée, d'un seul coup d'œil, vit ce qui se passait dans l'esprit du pauvre Égée. La malice et la ruse de la magicienne n'avaient jamais été poussées si loin. Sa science fatale (je frémis en vous le racontant) lui inspira le moyen de donner une apparence criminelle à cette émotion, à ce silence si plein d'amour.

«Votre Majesté voit-elle son embarras?» souffla-t-elle à l'oreille du roi. «Il a la conscience tellement troublée, qu'il tremble et ne peut proférer une parole. Le misérable a respiré trop longtemps! Vite! Offrez-lui la coupe!»

Égée avait dirigé un regard attentif sur le jeune homme, au moment où celui-ci s'était approché du trône. Il trouvait dans ce front blanc et uni, dans cette bouche gracieuse et expressive, dans ces yeux tendres et beaux, un je ne sais quoi qui semblait lui rappeler un souvenir vague, comme s'il eût existé certains rapports entre les traits de cet étranger et ceux d'un petit enfant jadis caressé sur ses genoux.

Mais Médée devina encore le trouble qui se produisait dans l'esprit de son époux, et ne voulut pas lui laisser le temps de céder à ce mouvement de curiosité et d'attendrissement.

C'était bien la voix de la nature et du cœur qui criait à Égée: «C'est ton enfant, c'est le fils d'Éthra qui vient réclamer son père.»

L'enchanteresse murmure derechef quelques mots à l'oreille du roi, et, par son pouvoir magique, fait naître dans le cœur de ce prince une impression toute contraire.

Il se décida donc à faire boire à Thésée le vin empoisonné.

«Jeune homme», dit-il, «sois le bienvenu! Je suis fier de donner l'hospitalité à un héros tel que toi. Accepte cette coupe remplie, comme tu le vois, d'un vin délicieux. Je n'accorde cette faveur qu'à ceux que j'en juge dignes; et personne mieux que toi ne mérite un tel honneur.»

En disant ces mots, le roi Égée prit la coupe d'or posée sur la table et la présenta à Thésée. Mais, soit qu'il tremblât de faiblesse, soit qu'il s'émût à l'idée de sacrifier la vie d'un inconnu, peut-être innocent, soit que, malgré la cruauté de cette action, son cœur fût meilleur que sa volonté, soit pour toutes ces raisons ensemble, sa main renversa une grande partie du liquide.

Afin de fortifier la résolution du monarque, et craignant que le précieux poison ne fût entièrement perdu, un de ses neveux s'approcha de lui et lui dit: «Votre Majesté doute-t-elle des intentions criminelles de cet étranger? Le glaive même qui doit vous arracher la vie brille à son côté. Ne voyez-vous pas comme cette arme est tranchante et terrible? Ne perdez pas un instant; il faut qu'il boive sans retard, ou il va accomplir son fatal dessein.»

A ces paroles, Égée n'eut plus qu'une seule pensée, celle d'infliger au coupable un juste trépas. Il se dressa sur son trône, le regard plein d'une majestueuse sévérité, et, d'une main plus assurée, tendit une seconde fois la coupe à Thésée. C'était après tout un prince trop digne et trop noble pour mettre à mort un traître, même avec le sourire sur les lèvres.

«Prends! prends!» dit-il du ton calme et solennel avec lequel il prononçait ordinairement une sentence capitale. «Tu as bien mérité de boire un vin comme celui que contient cette coupe!»

Thésée s'avança pour recevoir la coupe, mais il n'eut pas le temps de l'atteindre. Le roi Égée tressaillit de nouveau à la vue du glaive à poignée d'or suspendu au côté du jeune homme, et retira sa propre main.

«Ce glaive! d'où te vient-il?»

«C'est celui de mon père», répliqua Thésée d'une voix tremblante. «Voici ses sandales. Ma mère, son nom est Éthra, m'a raconté son histoire quand je n'étais qu'un enfant. Il y a seulement un mois que j'ai eu la force de soulever le pesant rocher. J'ai trouvé dessous ce glaive et ces sandales; et je suis venu à Athènes pour voir celui à qui je dois le jour!»

«Mon fils! mon fils!» s'écria Égée en jetant la coupe; et, oubliant sa faiblesse, il se précipita dans les bras de Thésée: «Oui, voilà bien les yeux d'Éthra! C'est bien mon fils!»

Il n'est pas besoin de dire ce que devinrent les neveux du roi. Mais quant à Médée, en voyant les affaires prendre cette tournure, elle disparut aussitôt; et, se rendant à son appartement particulier, mit en œuvre ses enchantements sans perdre une minute.

Elle ne tarda pas à entendre des sifflements à la fenêtre de sa chambre. C'étaient quatre immenses serpents attelés à un char de feu; les ailes déployées, ils déroulaient dans les airs leurs puissants anneaux, et, tordant leurs longues queues au-dessus du faîte du palais, attendaient les ordres de la magicienne pour entreprendre un voyage aérien. Médée prit seulement le temps d'emmener son fils et de s'emparer des

.LOÏSEL R.

joyaux de la couronne, des ornements les plus précieux du roi, ainsi que de tout ce qui put lui tomber sous la main; puis elle s'élança dans le char, fouetta les serpents et s'éleva au-dessus de la ville.

En entendant les sifflements des monstres ailés, le roi courut en chancelant à la fenêtre et cria de toutes ses forces à cette femme abominable de ne jamais revenir.

Tout le peuple d'Athènes, attiré dans les rues par un spectacle aussi merveilleux, fit retentir l'air de longues acclamations de joie en la voyant disparaître.

Médée, transportée de rage, domina les sifflements des reptiles par un éclat de voix où vibrait toute sa fureur, et, jetant sur la multitude un regard féroce à travers les flammes de son char, elle étendit ses deux mains comme pour répandre une averse de malédictions.

En exécutant ce mouvement, elle laissa choir par mégarde à peu près cinq cents diamants de la plus belle eau, mille grosses perles, et deux milliers d'émeraudes, de rubis, d'opales, de saphirs et de topazes, dérobés avant son départ

dans le coffre-fort du souverain. Ce fut comme une grêle étincelante de couleurs variées, qui s'abattit sur la tête des spectateurs.

Les grandes personnes et les enfants s'empressèrent à l'envi de recueillir ces trésors et de les rapporter au palais. Mais le roi leur fit savoir qu'il abandonnait le tout, et qu'il en distribuerait le double, s'il le possédait, pour témoigner du bonheur que faisaient éprouver à son cœur royal l'arrivée de son fils et la disparition de l'infâme Médée.

En effet, si vous aviez vu la haine dont le dernier regard de la magicienne était enflammé, au moment où elle fendait les airs pour se perdre au milieu des nuages, vous ne seriez pas surpris de l'allégresse publique et de la satisfaction du roi Égée.

Dès ce moment le jeune prince fut en grande faveur près de son père. Le vieux roi voulait toujours l'avoir assis à ses côtés sur son trône, assez large pour tous les deux, et ne se lassait jamais de l'entendre parler de sa mère bien-aimée, de son enfance et de ses premiers efforts pour soulever le massif rocher.

Cependant Thésée sentait dans son cœur trop d'énergie et de courage pour passer ainsi tout son temps à faire le récit d'événements déjà anciens. Il aspirait à accomplir d'autres exploits, dignes d'être transmis à la postérité.

Peu de temps après son arrivée à Athènes, il débuta en domptant un taureau furieux, qu'il offrit en spectacle au public, à la grande admiration du roi et de ses sujets. Mais ce triomphe, comme toutes les aventures dans lesquelles il s'était déjà illustré, ne parurent plus que des jeux d'enfants en comparaison de la glorieuse entreprise dont nous allons rapporter les circonstances.

Un matin, Thésée se réveilla sous l'impression d'un mauvais rêve. Il avait beau ouvrir les yeux, son émotion continuait toujours. L'air qu'il respirait gonflait son cœur de mélancolie. Certains bruits appelèrent son attention; il ne tarda pas en effet à entendre des soupirs, des gémissements, des cris de détresse, des lamentations qui venaient du palais, des rues, des temples et de toutes les habitations de la ville. Toutes ces voix plaintives sorties de chaque poitrine se réunissaient en un chœur dont les éclats douloureux étaient parvenus aux oreilles du jeune prince et l'avaient arraché au sommeil.

Il se leva en sursaut, s'habilla à la hâte, et, sans oublier ses sandales et son glaive à poignée d'or, il courut près du roi pour s'informer de quoi il s'agissait.

«Hélas! mon fils», dit Égée en poussant un long soupir, «nous sommes plongés aujourd'hui dans une bien vive affliction. C'est le retour d'un anniversaire qui nous impose une cruelle obligation à remplir. A pareil jour, chaque année, nous devons tirer au sort les noms des jeunes garçons et des jeunes filles d'Athènes destinés à être dévorés par le *Minotaure!*»

«Le Minotaure!» s'écria Thésée; et en prononçant ce nom, en valeureux prince qu'il était, il porta la main à la garde de son épée. «Quel est ce monstre? N'est-il pas possible, au risque de sa vie, de le combattre et de le vaincre?»

Le vénérable Égée secoua tristement la tête, et, pour convaincre son fils des difficultés insurmontables d'une pareille tentative, il entra dans des explications longues et détaillées.

Il paraît que dans l'île de *Crète* existait un monstre effroyable appelé du nom que nous avons dit, moitié homme moitié taureau, dont l'ensemble offrait à l'imagination une créature d'une forme hideuse, et dont l'idée seule produisait une impression terrible. S'il fallait qu'un être aussi affreux souillât la terre, au moins eût-il dû être relégué sur une île déserte ou au fond d'une caverne obscure où personne ne pût être épouvanté de sa présence.

Mais le roi *Minos,* qui régnait sur la Crète, avait dépensé une somme considérable à construire une habitation pour le Minotaure. La santé et le bien-être du monstre étaient pour lui l'objet des plus grands soins, de la plus constante sollicitude, et cela dans le seul but de faire le mal.

Peu d'années avant l'époque dont nous parlons, une guerre avait éclaté entre la ville d'Athènes et l'île de Crète. Les Athéniens vaincus furent forcés de demander la paix, et ne l'obtinrent qu'à de dures conditions. Ils s'engagèrent à envoyer chaque année sept jeunes garçons et sept jeunes filles pour servir de pâture au Minotaure, le monstre favori du cruel roi Minos.

Depuis trois ans déjà le pacte avait été fidèlement rempli.

Le jour était arrivé ; les pleurs, les sanglots et les cris annonçaient le moment fatal où l'on allait choisir les quatorze victimes. Le peuple entier était dans la consternation. Les parents tremblaient que le sort ne désignât leurs fils ou leurs filles. Les jeunes garçons et les jeunes vierges, de leur côté, redoutaient de se voir livrer à la voracité de la formidable créature.

En apprenant cette histoire, Thésée se releva de toute sa hauteur, et sembla grandir encore ; son regard exprimait tout à la fois l'indignation, le mépris, la hardiesse, l'amour et la compassion.

«Que la ville d'Athènes choisisse seulement six jeunes garçons cette année», s'écria-t-il. «Je serai le septième ; nous verrons si le Minotaure peut me dévorer !»

«Oh ! mon fils bien-aimé», dit le roi Égée, «pourquoi t'exposer à un si horrible destin ? Tu es l'héritier du trône, et ta naissance te met au-dessus des lois communes.»

«C'est parce que je suis, prince, votre fils, et

l'héritier du trône, que je veux prendre ma part des calamités qui pèsent sur vos sujets. Quant à vous, mon père, qui régnez sur ce peuple, et répondez de son bonheur devant les dieux, votre devoir est de sacrifier ce que vous avez de plus cher, plutôt que d'exposer la vie du fils ou de la fille du plus pauvre citoyen. »

Le roi supplia Thésée, en versant des larmes, de ne pas l'abandonner sans consolation au terme de sa carrière, au moment où il venait de connaître un fils aussi vertueux et aussi vaillant.

Ces raisons ne changèrent rien à la résolution de Thésée. Cependant il déclara à son père qu'il était bien décidé à ne pas se laisser dévorer sans résistance comme un faible agneau, et que, s'il succombait, le régal du monstre serait au moins troublé par un combat à outrance.

A la fin, le roi, vaincu par la volonté du prince royal, consentit à lui permettre de partir.

Un vaisseau, dont les voiles étaient noires, attendait dans le port.

Thésée, accompagné de six autres jeunes hommes, et suivi de sept jeunes filles d'une remarquable beauté, s'avança vers le lieu d'embarquement. Une multitude affligée leur faisait cortège.

Le pauvre roi, lui aussi, était là, appuyé sur le bras de son fils, et paraissait résumer dans son cœur toutes les cruelles angoisses d'Athènes.

Au moment où Thésée allait monter à bord du navire, son père lui fit signe qu'il avait une dernière parole à lui adresser.

«Mon enfant bien-aimé», lui dit-il en lui pressant les mains, «tu vois que les voiles de ce navire sont noires, comme il convient pour un voyage dont le terme est plein de désolation et de désespoir. Aujourd'hui, courbé sous le poids des années, j'ignore si je verrai le retour de cette trop pénible expédition. Mais chaque jour qu'il me restera à respirer, je viendrai me traîner sur le sommet de cette falaise, là-bas, pour chercher à découvrir s'il n'y a pas une voile à l'extrémité de l'horizon. Si, par un heureux hasard, tu peux échapper au Minotaure, fais disparaître ce lugubre appareil, et pare le navire d'agrès aussi éclatants que la lumière du soleil. A cette vue, moi et tout le peuple, nous saurons que tu reviens victorieux, et nous te recevrons avec des réjouissances telles qu'Athènes n'en aura jamais vu de pareilles.»

Thésée promit de se souvenir de ces recommandations.

Les passagers s'étant embarqués, les matelots hissèrent les voiles noires, qui s'enflèrent aussitôt sous le souffle du vent, et en grande partie aussi des soupirs poussés avec la violence du désespoir par tous les spectateurs.

L'esquif s'éloigna du rivage. A peine en pleine mer, une brise légère s'éleva du nord-ouest et fit glisser rapidement l'embarcation sur la crête écumante des vagues, comme s'il se fût agi d'une traversée au terme de laquelle on devait trouver plaisir et bonheur.

Malgré le caractère lugubre de cette expédition, je me demande si ces quatorze jeunes gens, affranchis de la surveillance et de la tutelle de personnes âgées, restèrent pendant tout le trajet en proie à la tristesse. Il y eut, je le soupçonne fort, quelques danses organisées sur le pont; on entendit quelques éclats de rire, quelques saillies joyeuses, et plus d'une fois la jeune troupe se livra à des accès d'hilarité inopportune, jusqu'au moment où apparurent au milieu des nuages les pics élevés de l'île de Crète. Cette vue dut certainement les rappeler à une gravité plus en accord avec les circonstances.

Thésée, debout au milieu des matelots, fixa ses regards attentifs du côté de la terre, dont l'apparence était aussi vaporeuse que les nuages au sein desquels les montagnes dérobaient leurs sommets. Une ou deux fois il s'imagina qu'il avait distingué dans le lointain un objet brillant reflété dans les flots.

« N'as-tu pas aperçu ce trait lumineux dans la mer ? » demanda-t-il au maître d'équipage.

«Non, prince, mais j'ai déjà vu la même chose auparavant. C'est *Talos*, je suppose.»

Comme le vent devenait un peu plus fort, le marin, absorbé par la manœuvre des voiles, n'eut pas le temps de répondre à de nouvelles questions.

On approchait de l'île, et Thésée fut saisi d'étonnement en voyant un être à figure humaine, de taille gigantesque, qui marchait sur le rivage à pas longs et mesurés. Il faisait des enjambées d'un rocher à un autre rocher, parfois d'un promontoire à l'autre, et la mer bouillonnait et mugissait sur les grèves en brisant ses flots d'écume contre les pieds du géant.

Ce qu'il y avait encore de plus remarquable, c'étaient les étincelles quc faisaient jaillir les rayons du soleil en tombant sur son corps. Sa face colossale brillait de reflets vifs et métalliques, et répandait dans l'air des traits lumineux, comme autant d'éclairs. Les plis de ses vêtements, au lieu de flotter au vent, tombaient lourdement autour de ses membres, semblables à une draperie coulée dans le bronze.

Plus le navire approchait, plus Thésée s'émerveillait à la vue de ce géant, se demandant si c'était ou non un être vivant.

En effet, bien que ses mouvements révélassent la vie, il avait une démarche saccadée qui, jointe à son apparence métallique, faisait soupçonner au prince que ce n'était point là un vrai géant, mais plutôt une machine mue par des ressorts incompréhensibles.

Ce qui rendait cet être encore plus terrible, c'était une énorme massue de bronze qu'il portait sur son épaule.

« Quelle est cette étrange apparition ? » demanda Thésée au maître d'équipage, alors mieux disposé à satisfaire sa curiosité.

« C'est *Talos,* l'homme de bronze. »

« Est-ce que c'est un géant, ou une grande figure de métal ? »

« Quant à cela », répliqua le maître, « c'est ce qui m'a toujours intrigué. Quelques personnes assurent que ce Talos a été fabriqué pour le roi Minos par *Héphaïstos* lui-même, qui est, comme vous savez, le plus habile des forgerons. Mais qui a jamais pu voir une statue de bronze capable de faire d'elle-même trois fois par jour le tour d'une île? C'est pourtant ce que fait le géant de l'île de Crète, défiant et menaçant chaque vaisseau qui s'apprête à aborder. D'un autre côté, quel être vivant, à moins d'avoir des nerfs d'airain, ne se fatiguerait d'une marche de dix-huit cents milles en vingt-quatre heures? Talos accomplit chaque jour ce trajet, sans jamais prendre un instant de repos!»

Le navire avançait toujours pendant qu'ils causaient ainsi. Thésée put alors entendre les pas du géant retentir sur les rochers battus par les vagues. Ceux-ci, par moments, se brisaient sous le choc, en mêlant leurs fragments écrasés à l'écume de la mer.

Quand les voyageurs arrivèrent à l'entrée du port, le colosse fit une enjambée, en posant fermement chacun de ses pieds sur une éminence. Puis, levant sa massue à une telle hauteur que l'extrémité s'en perdait au milieu des nuages, il se tint dans cette inquiétante position, tout resplendissant sous les rayons du soleil qui faisaient reluire sa surface métallique.

On eût dit que, sans aucun doute, cette monstrueuse massue allait s'abattre tout d'un coup, broyer le vaisseau en mille pièces, sans respect pour les innocents exposés à une telle catastrophe. Car, il y a rarement de la miséricorde dans le cœur d'un géant, et une machine de fer n'est guère plus sensible.

Mais, au moment où Thésée et ses compagnons s'attendaient à être écrasés, le colosse ouvrit ses lèvres de bronze et les apostropha en ces termes: «D'où venez-vous, étrangers?»

Quand cette voix eut cessé de résonner, la vibration se prolongea comme celle d'une immense cloche d'église, dont le son fait trembler l'air quelques minutes après le dernier coup de marteau.

«D'Athènes!» répondit le maître d'équipage.

«Quelle est votre mission?» reprit l'homme de bronze, d'une voix tonnante. Et il brandit son arme avec un geste plus menaçant encore, comme si à ce nom d'Athènes, avec qui, tout récemment, la Crète avait été en guerre, il se fût apprêté à pulvériser l'embarcation.

«Nous amenons les sept jeunes garçons et les sept jeunes filles qui doivent servir de pâture au Minotaure!»

LOISEL R.

« Passez ! » cria le géant.

L'atmosphère retentit au loin, pendant que la poitrine d'où était sortie cette voix formidable frémissait encore de sa propre sonorité.

Le navire glissa entre les promontoires du port, et le colosse reprit sa marche.

En peu d'instants cette étrange sentinelle fut bientôt à une grande distance, réfléchissant par intervalles quelques traits de lumière, et sans plus s'arrêter dans son parcours autour de l'île, comme c'était sa tâche éternelle.

L'ancre ne fut pas plus tôt jetée, qu'un détachement des gardes de Minos se rendit sur le rivage et se fit livrer les quatorze jeunes gens.

Le prince Thésée et ses compagnons d'infortune, entourés de soldats armés, furent conduits au palais du roi et amenés en sa présence.

C'était un souverain à l'aspect dur et impitoyable. Si le gardien de l'île de Crète était fait de bronze, le monarque pouvait passer pour avoir un cœur d'un métal plus dur : c'était bien véritablement un homme de fer.

Il abaissa sur les victimes ses sourcils épais et hérissés.

Tout autre mortel, à la vue de tant de grâce, de beauté et d'innocence, se fût empressé de rendre à ces pauvres âmes sacrifiées le bonheur avec la liberté. Mais ce despote implacable n'avait qu'un souci: c'était de constater si les malheureux pourraient offrir au Minotaure une nourriture appétissante.

Quant à moi, j'aurais donné quelque chose pour le voir dévorer lui tout seul; et le monstre eût sans doute trouvé sa chair bien coriace.

Le roi fit approcher, les uns après les autres, les jeunes hommes terrifiés et les jeunes filles éplorées, toucha chacun d'eux du bout de son sceptre pour s'assurer de leur embonpoint, et les renvoya en faisant un signe à ses gardes.

Le tour de Thésée étant venu, il le regarda plus attentivement, car il avait remarqué dans les traits de ce dernier une expression de calme et de bravoure.

«Jeune homme», lui demanda-t-il d'un ton sévère, «n'es-tu pas effrayé à l'idée d'être dévoré par le Minotaure?»

«J'ai offert ma vie en sacrifice pour une bonne cause; voilà pourquoi je la donne sans hésitation et sans terreur. Mais toi, roi Minos, n'as-tu pas horreur de ta propre cruauté, toi qui livres, chaque année, quatorze innocents à la voracité d'une bête féroce ? Ne trembles-tu pas, prince pervers, quand tu descends au fond de ta conscience ? Pendant que tu es là, assis sur ton trône d'or et revêtu des insignes de la majesté, je te le dis en face, roi Minos, tu me parais un monstre plus hideux que le Minotaure lui-même ! »

« Ah ! ah ! c'est ainsi que tu me considères ? » s'écria le tyran en riant d'un rire d'hyène qui lui était naturel. « Demain, à l'heure du déjeuner, tu auras l'occasion de vérifier la justesse de ta comparaison! Gardes, emmenez-les; et que ce téméraire ouvre l'appétit du Minotaure!»

Je n'avais pas eu le temps de vous dire que près du trône se tenait debout *Ariane*, la fille du terrible monarque. C'était une princesse d'une grande beauté, d'une âme tendre et aimante. Aussi contemplait-elle ces pauvres captifs voués au supplice avec un sentiment bien différent de celui de son père, qui montrait un cœur doublé de fer.

Elle ne pouvait retenir ses larmes, en pensant combien d'espérances et de charmes allaient être inutilement détruits. Tant de beauté, de jeunesse, de force, devenir la proie d'une abominable créature qui eût, sans nul doute, de beaucoup préféré manger un bœuf ou un porc engraissé, plutôt que le plus délicat et le plus potelé de ces êtres humains!

A la vue de Thésée, dont la figure noble et décidée exprimait le mépris d'un danger imminent, sa compassion devint cent fois plus grande.

Au moment où les gardes entraînèrent le

héros, elle se jeta aux pieds de son père, le suppliant de donner la liberté à tous les captifs, et particulièrement à ce jeune homme.

«Silence, folle que tu es!» lui répondit-il, «qu'as-tu besoin de te mêler d'une pareille affaire? C'est un acte de haute politique, et par conséquent tout à fait au-dessus de ta faible intelligence. Va donc arroser tes fleurs, et ne songe plus à ces misérables Athéniens. Le Minotaure est aussi sûr de les dévorer demain à son déjeuner, que moi de manger ce soir une perdrix à mon souper.»

En prononçant ces mots, le roi prit un air de cruauté si sauvage, qu'on l'eût cru capable de dévorer Thésée et le reste de ses compagnons, si une bête féroce n'eût pas été là pour lui en éviter la peine.

Comme il ne voulut pas entendre un seul mot de plus en leur faveur, les prisonniers furent emmenés et plongés dans un cachot dont le geôlier les avertit de se livrer au sommeil au plus vite. Car le Minotaure avait l'habitude de demander son déjeuner de bon matin.

Les sept jeunes filles et six des jeunes garçons,

épuisés par la douleur et les sanglots, tombèrent bientôt endormis.

Thésée seul resta debout. Se sentant supérieur à eux en courage et en force, c'était pour lui un devoir de protéger leur vie d'une manière ou d'une autre, de les défendre et de les sauver à tout prix. Aussi se tint-il éveillé pendant la nuit entière, marchant en tous sens dans la prison où ils étaient enfermés.

Un peu avant minuit, la porte s'ouvrit lentement, et la gracieuse Ariane apparut, une torche à la main.

« Êtes-vous éveillé, prince Thésée ? » murmura-t-elle.

« Oui ! » répondit-il, « quand il me reste si peu de temps à vivre, je ne veux pas le perdre à dormir. »

« Eh bien, suivez-moi et marchez doucement. »

Ce qu'étaient devenus le geôlier et les gardes, Thésée ne le sut jamais. Quoi qu'il en fût, Ariane ouvrit toutes les portes, et Thésée respira bientôt dans une atmosphère pure et libre, où resplendissait un magnifique clair de lune.

«Thésée, vous pouvez maintenant rejoindre votre vaisseau et reprendre le chemin d'Athènes.»

«Je n'en ferai rien, assurément. Je ne veux m'éloigner de la Crète qu'après avoir abattu le Minotaure, sauvé mes compagnons d'infortune et délivré mon pays de cet horrible tribut.»

«Je prévoyais votre résolution», dit Ariane, «venez alors, venez avec moi, valeureux Thésée. Voici votre glaive dont vous ont dépouillé les gardes. Vous en aurez besoin; priez les dieux de diriger vos coups.»

Elle le mena par la main jusqu'à un bois ténébreux, où les rayons de la lune se perdaient sur le sommet des arbres sans pénétrer à travers leur feuillage et sans éclairer les sentiers de la moindre lueur.

Après avoir marché quelque temps au milieu de cette obscurité, ils se trouvèrent au pied d'un grand mur de marbre tout hérissé de plantes grimpantes. On n'y apercevait aucune porte ni aucune espèce d'ouverture; c'était une construction escarpée, solide et mystérieuse. Impossible de la franchir ou de pénétrer au travers.

Néanmoins, Ariane n'eut qu'à presser d'un de ses doigts délicats un certain bloc de marbre, aussi massif en apparence que le reste de la muraille. A son contact, cette enceinte s'entr'ouvrit assez pour les laisser passer tous les deux, et aussitôt le bloc retomba à sa place, en remplissant entièrement le vide.

«Nous voici maintenant», dit Ariane, «dans le fameux labyrinthe que construisit *Dédale* avant de se fabriquer une paire d'ailes et de s'envoler de notre île comme un oiseau. Ce Dédale était un très habile artiste; mais, de toutes les œuvres de son génie, ce labyrinthe est la plus surprenante. Nous n'aurions qu'à avancer de quelques pas, et nous pourrions errer toute notre vie sans retrouver notre chemin. Au milieu se tient le Minotaure, et c'est là, Thésée, qu'il vous faut aller le rencontrer.»

«Mais comment me sera-t-il possible de le trouver, s'il est si facile de s'égarer?»

Il fut interrompu par un bruit sourd, assez semblable au mugissement d'un taureau, mais qui cependant avait quelque rapport avec la voix humaine. Thésée crut distinguer dans la vibration de cette voix sauvage l'effort fait par un monstre pour articuler quelques paroles. La distance était, il est vrai, assez grande pour qu'il ne pût s'assurer si c'était un rugissement de taureau ou les accents d'une voix humaine.

«C'est le cri du Minotaure», dit tout bas Ariane en serrant convulsivement la main de son protégé, et en portant la sienne sur son cœur qui battait d'effroi. «Laissez-vous guider par cette voix en suivant les détours du labyrinthe, et dans peu vous trouverez le monstre. Attendez! prenez un bout de ce peloton de soie; j'en tiendrai l'autre dans ma main; et alors, si vous triomphez, le fil vous ramènera près de moi. Adieu, valeureux Thésée!»

Le jeune héros prit l'extrémité du fil de soie dans sa main gauche, dans la droite son glaive à poignée d'or tiré du fourreau, et il s'avança avec intrépidité dans les mystérieux détours.

Quel était le plan de ces voies entrelacées les unes dans les autres? C'est ce que je ne saurais dire. On n'a jamais vu, et l'on ne verra jamais dans le monde un travail d'une combinaison aussi embrouillée. Il ne peut rien y avoir d'aussi

LOISEL R

compliqué, si ce n'est le cerveau de Dédale lui-même, qui en est l'auteur, ou le cœur d'un homme ordinaire, création dont le mystère est dix fois plus inexplicable encore que le labyrinthe de l'île de Crète.

Thésée n'avait pas fait cinq pas qu'il avait déjà perdu Ariane de vue. A peine en eut-il fait cinq autres qu'il se sentit tout étourdi à force de tourner.

Il continua à marcher, tantôt rampant sous une voûte basse, tantôt ayant à franchir des degrés, parfois rencontrant un passage tortueux, et puis un autre dont les sinuosités le menaient devant une porte ouverte qui se refermait immédiatement sur lui.

Il semblait que les murs se déroulassent comme le fil échappé d'un fuseau, en l'enveloppant dans leurs ondulations capricieuses. Et, tout en suivant ces défilés déserts, il ne cessait d'entendre les cris du Minotaure, tantôt près de l'endroit où il se trouvait, tantôt à une plus grande distance. Ils retentissaient horribles, discordants: mélange effrayant du beuglement d'un taureau et de la voix d'un homme, sans ressembler toutefois ni à l'un ni à l'autre.

A mesure que Thésée marchait, il sentait son cœur en proie à la tristesse et à la colère. Car, dans sa pensée, l'existence d'un pareil monstre était une insulte à la lune, au ciel et à notre mère commune, la terre, si prodigue envers nous dans sa bonté et sa bienfaisance.

Il avançait toujours.

Tout d'un coup les nuages s'amoncelèrent devant l'astre de la nuit, et le labyrinthe devint tellement sombre, que notre hardi voyageur n'eût plus conscience de sa marche cent fois égarée.

Il se fût souvent cru perdu sans espoir de jamais retrouver son chemin, s'il n'eût senti, à certains petits mouvements imprimés au fil par la main de la tendre Ariane, qu'une tendre sympathie veillait sur lui. Elle lui communiquait ainsi ses sentiments de crainte et d'espérance, comme si elle eût été à ses côtés. Oh! je puis vous assurer que d'une main à l'autre se transmettait un vif courant d'affection humaine le long de ce faible fil de soie!

Thésée poursuivait fermement sa marche

dans la direction des épouvantables mugissements qui devenaient de plus en plus bruyants, et si éclatants qu'à chaque nouveau détour il s'attendait à voir le monstre surgir devant lui.

A la fin, il arriva dans un espace ouvert, au centre même du labyrinthe, et la hideuse créature apparut à ses yeux.

Oh! mes amis, quel horrible spectacle! Sa tête seule armée de cornes le faisait ressembler à un taureau; le reste de son corps rappelait à peu près la structure de cet animal, quoiqu'il marchât, contrairement aux lois de la nature, sur ses jambes de derrière. Si on le considérait d'un autre côté, c'était tout à fait une forme humaine; mais l'ensemble composait un être réellement monstrueux.

Cet infâme objet de terreur était là, sans aucune espèce de compagnon, livré à une solitude complète, ne respirant que pour le mal, et incapable, comme vous pouvez le croire, de sentir le moindre attachement. Thésée, bien que frémissant de haine à sa vue, ne put se défendre d'une sorte de pitié qui ne s'affaiblit point à mesure que sa laideur se montrait davantage.

La terrible bête continua à piétiner en tous sens, en proie à une rage frénétique, poussant de violents hurlements entrecoupés de cris vaguement articulés.

Après avoir écouté un instant, le fils d'Égée comprit que le Minotaure déplorait en lui-même la misère et la faim qui faisaient son supplice ; qu'il exprimait son aversion implacable pour toutes les créatures vivantes, et son désir ardent de détruire la race humaine en la dévorant.

Thésée fut-il épouvanté ? Point du tout, mes chers auditeurs. Quoi ! un héros d'une si haute vaillance ! Le Minotaure eût-il eu vingt têtes de taureau, il fût resté inébranlable. Mais, tout intrépide qu'il fût, je crois pourtant que son grand cœur redoubla d'ardeur quand il sentit une tremblante vibration communiquée au fil de soie toujours serré dans sa main gauche. Ariane lui transmettait tout ce qu'elle avait de force et de résolution. Le courage dont il était doué naturellement, et le peu qu'elle pouvait lui en donner, semblèrent, en se réunissant, doubler la puissance de son âme.

S'il faut tout dire avec sincérité, ce secours ne lui était pas superflu. Car alors le Minotaure, se tournant subitement, aperçut Thésée et abaissa ses cornes aiguës, comme fait un taureau furieux quand il s'apprête à fondre sur son ennemi. En même temps il poussa un rugissement formidable dans lequel il y avait comme des éclats de voix humaine, mais qui se brisaient et restaient inarticulés en passant par la gorge de cette bête furieuse.

Thésée crut deviner les intentions du monstre, plutôt par ses mouvements que par ses cris. Car les cornes du Minotaure étaient plus acérées que son intelligence n'était visible, et plus menaçantes encore que sa voix.

Mais voici probablement la traduction de ce qu'il voulait dire : « Ah ! détestable créature humaine ! Je vais te transpercer de mes cornes, te lancer à cinquante pieds en l'air et te broyer sous mes dents quand tu retomberas sur le sol ! »

« Eh bien, viens donc et essaye ! » se contenta de répondre son adversaire, car il était trop magnanime pour défier un ennemi avec des paroles insolentes.

Sans plus de mots et de cris de part et d'autre, commença, entre Thésée et le Minotaure, le combat le plus acharné dont le soleil ou la lune aient jamais été témoins.

Je ne sais vraiment pas ce qui serait advenu si le monstre, dans son premier bond, n'eût manqué Thésée de l'épaisseur d'un cheveu, et fracassé une de ses cornes contre le mur.

A ce choc inattendu, il éclata en beuglements si épouvantables qu'une partie du labyrinthe s'écroula, et que tous les habitants de la Crète prirent ce grand bruit pour une tempête d'une violence extraordinaire.

Irrité par la douleur, il se mit à galoper autour de l'espace vide d'une manière si pesante et si maladroite, que, bien des années plus tard, Thésée ne pouvait s'empêcher d'en rire, quoiqu'il n'en eût pas envie au moment même.

Après cela, les deux ennemis se regardèrent vaillamment face à face, et luttèrent corne contre glaive pendant longtemps.

A la fin, le Minotaure, s'élançant sur Thésée, effleure son bras gauche et le fait rouler à terre. Pensant qu'il lui a percé le cœur, il exécute une

Loisel.R

cabriole des plus hardies, et, ouvrant ses mâchoires dans toute leur largeur, se prépare à trancher d'un coup de dent la tête de son adversaire abattu. Mais celui-ci se relève soudain en esquivant cette nouvelle attaque. Il brandit son glaive de toute la vigueur de son bras, atteint le taureau à l'encolure et lui fait sauter la tête à plus de quinze pieds de haut, tandis que le tronc à forme humaine retombe à plat sur le terrain.

Ainsi se termina ce combat désespéré. Aussitôt la lune reprit son éclat habituel. On eût dit, en ce moment, que le monde était délivré de tous ses maux, que toutes les méchancetés et les misères auxquelles sont sujets les enfants des hommes, avaient disparu pour toujours.

Et Thésée, en reprenant haleine et s'appuyant sur son glaive, sentit encore une légère traction du fil de soie. Car il ne faut pas oublier d'ajouter que, tout le temps qu'avait duré ce terrible assaut, il n'avait pas cessé d'en tenir l'extrémité dans sa main gauche.

Pressé d'apprendre à Ariane la nouvelle de son triomphe, il suivit le fil conducteur, et se retrouva bientôt à l'entrée du labyrinthe.

«Tu as vaincu le monstre!» s'écria la princesse en joignant les mains.

«Grâce à vous, chère Ariane, je reviens victorieux.»

«Maintenant il faut promptement avertir tes amis, et vous rendre tous à bord de votre navire avant le point du jour. Si l'aurore te trouve dans ces lieux, mon père voudra venger le Minotaure.»

Pour terminer mon histoire, les pauvres captifs furent réveillés. Ils eurent peine à croire qu'ils n'étaient pas le jouet d'un rêve, en entendant le récit de leur libérateur, qui les pressa de mettre la voile avant le lever du soleil.

Ils coururent sur le bord de la mer et sautèrent à l'envi sur le pont du navire, à l'exception du prince Thésée, qui, resté en arrière sur la plage, serrait affectueusement la main d'Ariane dans les siennes.

«Oh! vous qui m'êtes si chère, venez, oh! venez avec nous. Vous êtes trop généreuse et trop tendre pour que je vous laisse auprès d'un père dont l'âme est aussi impitoyable. Il ne tient pas plus à vous posséder qu'un rocher de granit ne se soucie de conserver la fleur délicate qui pousse dans ses crevasses. Mon père, le roi Égée, ma mère bien-aimée, Éthra, tous les pères et toutes les mères d'Athènes, tous leurs fils et toutes leurs filles vous aimeront et vous honoreront comme une bienfaitrice. Hâtez-vous, suivez-nous; car rien ne calmera le courroux du roi Minos quand il apprendra ce que vous avez fait.»

Maintenant il y a de petits esprits, de soi-disant historiens de Thésée et d'Ariane, qui ont l'effronterie de raconter que cette vertueuse princesse s'enfuit, à la faveur de la nuit, avec celui dont elle avait sauvé les jours. Ils préten-

LOÏSEL .R

dent aussi que Thésée abandonna avec ingratitude Ariane, sur une île déserte, où le vaisseau avait touché en retournant à Athènes. Ce noble jeune homme eût préféré cent fois la mort plutôt que de causer la moindre souffrance à la plus faible créature. Si notre héros eût entendu ces faussetés, il aurait traité les calomniateurs comme il avait traité le Minotaure!

Voici ce que répondit Ariane en lui serrant la main, puis en s'écartant d'un ou deux pas en arrière: «Non, Thésée! je ne peux suivre vos pas! Mon père est vieux, il n'a personne d'autre que moi pour l'aimer. Quelque dur que vous le croyiez, ce cœur se briserait en me perdant. D'abord le roi Minos se laissera aller à la colère; mais il pardonnera bientôt à sa fille unique, et, avec le temps, il se réjouira, j'en suis persuadée, de ne plus sacrifier sept jeunes garçons et sept jeunes filles d'Athènes à la voracité du Minotaure. J'ai sauvé votre vie, Thésée, autant pour l'amour de mon père que pour vous-même. Adieu! Que les bénédictions des dieux descendent sur vous!»

Elle parla avec tant de sincérité, de noblesse,

et avec une modestie si convenable à son âge, que Thésée se fût reproché de la presser davantage. Il n'avait donc plus qu'à prendre affectueusement congé d'Ariane, à se rendre à bord et à mettre à la voile.

Une brise légère et fraîche s'éleva comme ils sortaient du port, et bientôt la proue du vaisseau fendit l'onde bouillonnante.

Talos, l'homme de bronze, sentinelle constante de l'île, accomplissait en ce moment sa garde régulière de la côte. Les fugitifs aperçurent dans le lointain sa surface polie, qui reflétait l'éclat de la lune.

Cependant le géant s'avance comme le ferait une grande machine à ressorts, sans pour cela retarder ni précipiter la marche de l'embarcation. Il arrive, quand déjà les voyageurs sont hors de portée.

Talos, néanmoins, brandit sa massue, en franchissant à pas immenses et mesurés les pics et les promontoires des falaises; puis, calculant mal la distance, abat son arme dans la direction du navire; mais le coup porte à faux et il tombe lui-même de toute sa hauteur dans les flots, qui engloutissent son corps gigantesque, en lançant au loin d'énormes tourbillons d'écume. On eût dit une montagne de glace s'abîmant dans l'Océan.

C'est là qu'il est resté depuis; et quiconque désire se procurer du bronze n'a qu'à se rendre sur ce point; au moyen d'une cloche à plongeur, il extraira autant qu'il voudra de ce métal précieux.

Vous pourrez aisément vous imaginer la gaieté qui présida au retour des quatorze jeunes gens. C'étaient des danses continuelles, excepté quand le vent, soufflant obliquement, donnait au pont une inclinaison par trop prononcée.

Enfin ils arrivèrent heureusement en vue des côtes de l'Attique, leur pays natal. Mais, je suis fâché de vous le dire, un événement inattendu est sur le point d'assombrir la joie générale.

Vous vous souvenez que le roi Égée avait expressément recommandé à son fils de hisser des voiles blanches au lieu des voiles noires avec lesquelles il était parti, au cas où il aurait triomphé en combattant le Minotaure. Malheureusement Thésée oublia complètement cette

recommandation. Ivres de joie, et se livrant aux danses, aux jeux et à toute espèce de réjouissances, les voyageurs ne songèrent plus aux voiles, dont ils abandonnèrent le soin aux matelots. Ils s'inquiétaient peu qu'elles fussent noires, blanches ou couleur d'arc-en-ciel!... Si bien que le vaisseau revenait, comme un corbeau, déployant au vent ses ailes à la teinte funèbre...

Cependant, chaque jour revoyait le pauvre roi Égée, tout infirme qu'il était, se traîner au sommet d'un rocher qui dominait l'horizon, et de là épier le retour de son fils. Il n'eut pas plutôt distingué les voiles noires, qu'il crut son enfant bien-aimé, l'héroïque héritier de sa race, dévoré par le Minotaure. Il ne put supporter l'idée de prolonger encore son existence.

Après avoir lancé dans la mer sa couronne et son sceptre, objets dès lors devenus futiles et méprisables à ses yeux, le vieux monarque se pencha du haut du rocher, et disparut dans les flots qui ne cessaient de se briser à sa base.

Je ne vous décrirai point le désespoir du prince à la nouvelle de cette catastrophe. En

posant le pied à terre, il se trouvait donc, bon gré mal gré, souverain de toute la contrée. De tels changements de fortune suffiraient pour étourdir une intelligence ordinaire. Quant à lui, obéissant à sa destinée, il envoya chercher sa tendre mère, s'inspira de sa sagesse dans les affaires de l'État, devint un monarque accompli, et fut adoré de ses sujets.

Petit lexique de la mythologie grecque

L'histoire de chaque dieu, déesse ou héros, avait, dans la tradition grecque, plusieurs variantes. Ici, nous avons résumé les aventures de chaque personnage et nous avons choisi de ne raconter qu'une seule des variantes de sa légende. Le «Dictionnaire de la mythologie grecque et romaine» de Pierre Grimal aux éditions des Presses Universitaires de France reste l'ouvrage le plus documenté sur les dieux et héros grecs.

Ariane. La version du Minotaure que vous venez de lire est assez rare. En général la légende raconte qu'Ariane est partie avec Thésée pour échapper à la colère de Minos, et, toujours d'après la tradition, qu'elle n'alla pas jusqu'à Athènes. Lors d'une escale dans l'île de Naxos, Thésée l'abandonna, endormie sur le rivage. Ariane, quand elle se réveilla, ne pleura pas longtemps Thésée. Dionysos arriva, traîné par un char attelé à des panthères. Fasciné par la beauté de la jeune femme, il l'épousa et l'emmena sur l'Olympe.

Castor et Pollux, sont les fils de Zeus et de Léda. Pour séduire Léda, Zeus s'était transformé en cygne et les jumeaux Castor et Pollux naquirent d'un œuf sur la montagne de Sparte.
Ils délivrèrent leur sœur Hélène que Thésée et son ami Pirithoos avaient enlevée et cachée près d'Athènes.
Ils participèrent à la conquête de la toison d'or, puis de retour, ils allèrent voler du bétail en Arcadie avec leurs cousins Idas et Lyncée. Au moment de partager le butin, ils se disputèrent. Castor fut tué par Idas tandis que Pollux tuait Lyncée. Zeus tua Idas d'un coup de foudre et enleva Pollux au ciel. Mais Pollux ne voulut pas accepter l'immortalité tant que son frère restait aux enfers. Zeus leur permit alors de demeurer chacun un jour sur deux parmi les dieux.

Dédale était un Athénien et il est devenu le type même de l'artiste universel, tour à tour architecte, sculpteur, inventeur de moyens mécaniques. A Athènes, il avait comme élève son neveu Talos, qui se montrait si habile que Dédale en devint jaloux. Le jour où Talos, s'inspirant de la machoire du serpent, inventa la scie, Dédale le jeta du haut de l'Acropole. Le meurtre fut découvert et Dédale contraint de s'enfuir en Crète. Là, il construisit le Labyrinthe et c'est lui qui conseilla à Ariane de donner à Thésée un peloton de fil pour le sauver. Quand Minos apprit le succès de Thésée et la ruse de Dédale, il enferma Dédale et son fils Icare dans le Labyrinthe. Mais Dédale fabriqua des ailes qu'il colla avec de la cire et il s'envola avec son fils. Ils finirent par trouver refuge en Sicile.

Egée, le père de Thésée, était roi d'Athènes. Il avait d'abord épousé Méta, puis Chalciopé, mais malgré ces deux mariages, Egée restait sans enfant. Il alla consulter la pythie de Delphes pour lui demander comment vaincre cette malédiction. Elle lui donna une réponse très obscure. En revenant à Athènes, Egée s'arrêta à Trézène chez le roi Pitthée. Celui-ci enivra Egée et l'unit, dans la nuit, à sa fille Éthra. La même nuit, Poséidon s'unit lui aussi, à la jeune femme. Egée repartit en laissant ses sandales et son épée sous un rocher. Neuf mois plus tard naissait Thésée. Pendant des jeux athlétiques qu'Egée avait organisés à Athènes, Androgée, l'un des fils de Minos, vainquit tous les concurrents. Jaloux, Egée l'envoya combattre le taureau de Marathon qui dévastait le pays. Androgée fut tué par le taureau et, quand Minos l'apprit, il partit en guerre contre Athènes. Vainqueur, Minos exigea d'Athènes ce tribut annuel de sept jeunes garçons et de sept jeunes filles destinés à nourrir le Minotaure. C'est depuis qu'Egée s'est jeté de l'Acropole dans la mer en voyant revenir les voiles noires du bateau de Thésée que cette mer s'appelle la mer Egée.

Éthra était la fille de Pitthée, le roi de Trézène et la mère de Thésée. Quand Egée, revenant de Delphes, passa par Trézène, il s'unit à Éthra. La même nuit, Éthra fut également surprise par Poséidon; c'est pourquoi, Thésée peut passer pour le fils d'un mortel ou le fils d'un dieu. Tandis qu'Egée repartait pour Athènes, Éthra restait à Trézène élever son fils.
Thésée, devenu roi d'Athènes, partit chercher Perséphone aux Enfers et confia Hélène à sa mère. Mais Castor et Pollux, les deux frères d'Hélène, réussirent à la délivrer et emmenèrent Éthra prisonnière.
Plus tard Éthra suivit Hélène comme esclave à Troie, volontairement, dit-on, et même ce fut elle qui, d'après certains auteurs, conseilla à Hélène de suivre Pâris et d'abandonner Ménélas. Après la chute de Troie, elle fut délivrée par ses deux petits-fils.
On raconte qu'à la mort de Thésée, Éthra se suicida.

Héphaïstos, fils de Zeus et d'Héra, était le dieu du feu. Il était né boiteux et sa mère, honteuse, voulut le cacher aux autres dieux et le lança du haut de l'Olympe. Il atterrit dans l'Océan où il fut recueilli par Téthys et Eurynomé qui lui sauvèrent la vie et l'élevèrent pendant neuf ans dans une grotte sous-marine.
Pour se venger de sa mère, Héphaïstos fabriqua secrètement un trône d'or dans lequel des chaînes enserraient quiconque s'y asseyait. Il l'envoya à sa mère qui s'y assit et fut ainsi attachée. Personne ne pouvait la délivrer sauf Héphaïstos qui connaissait le secret. Dionysos vint le chercher et pour le convaincre, l'enivra. Héphaïstos fit son entrée dans l'Olympe, monté sur un âne, et il détacha sa mère.
Héphaïstos était aussi le dieu de la métallurgie. Les volcans étaient ses ateliers. C'est lui qui forgea les armes d'Achille. L'Odyssée raconte que Zeus l'avait marié avec la déesse Aphrodite mais qu'elle le trompa avec Arès. Le soleil qui voyait tout, aperçut les deux

amants étendus côte à côte et alla tout raconter au mari. Héphaïstos ne dit rien mais prépara un filet invisible qu'il installa autour du lit de sa femme. Quand les deux coupables voulurent se lever ils se trouvèrent emprisonnés. Héphaïstos convoqua alors tous les dieux de l'Olympe au spectacle. Aphrodite de honte s'enfuit et tous les dieux furent pris d'un rire inextinguible.

Héraclès est le fils d'Alcmène et de Zeus. La déesse Héra, l'une des épouses de Zeus fut jalouse d'Alcmène et furieuse de la naissance d'Héraclès. Une nuit, elle envoya dans la chambre d'Héraclès et de son frère deux énormes serpents qui s'enroulèrent autour des enfants. Héraclès saisit les animaux à la gorge et les étouffa.
Adulte il épousa la fille du roi de Thèbes et eut beaucoup d'enfants, mais Héra, le poursuivant toujours, lui envoya un accès de folie et il tua ses enfants. Après ce meurtre, Héraclès alla consulter la prêtresse d'Apollon pour savoir comment se purifier. Elle lui demenda de se mettre au service de son cousin Eurysthée, roi de Thèbes, pendant douze ans. Apollon ajouta que, pour le prix de sa peine, il obtiendrait l'immortalité. Eurysthée, son cousin, lui ordonna d'accomplir l'un après l'autre douze travaux que l'on appelle les douze travaux d'Héraclès.
Après ces douze travaux Héraclès eut encore beaucoup d'aventures. Il tua de nouveaux monstres, affronta des tempêtes, livra des batailles, etc, etc... Un jour, sans le savoir, il mit une tunique imprégnée de poison. La douleur devint telle qu'il essaya d'arracher la tunique, mais la chair venait avec. Il alluma alors un bûcher. Un coup de tonnerre retentit et Héraclès fut emporté au ciel. Héra se réconcilia avec lui et il devint l'un des Immortels, ayant mérité cette gloire par ses travaux et ses souffrances.

Jason était le fils d'Aeson, roi de Iolcos, au nord de la Grèce, en Thessalie. Il fut élevé par le centaure Chiron dans la montagne du

Pélion. A l'âge d'homme il revint à Iolcos. Son oncle Pélias, avait chassé son père du trône. Jason demanda à Pélias de lui céder un trône qui lui appartenait légitimement. Pélias accepta à une condition : que Jason rapporte la toison d'or.

Cette toison était celle d'un bélier que Zeus avait envoyé à un enfant que son père voulait tuer. Ce bélier ailé avait emmené l'enfant en Colchide chez le roi Aéétès. L'enfant avait sacrifié le bélier à Zeus et cloué la toison sur un chêne. Elle était gardée par un dragon monstrueux.

Pour aller conquérir la toison, Jason fit construire un bateau, l'Argo et enrôla une cinquantaine de compagnons. Après de multiples aventures, ils arrivèrent chez Aéétès. Celuici accepta de lui donner la toison à condition qu'il impose le joug, tout seul, à deux taureaux qui soufflaient le feu par les naseaux. Médée, la fille du roi Aéétès, qui était amoureuse de Jason, lui proposa de l'aider, s'il lui promettait de l'emmener en Grèce une fois les taureaux domptés. Jason promit et Médée lui donna un baume magique qui rendait son corps et son bouclier invulnérables aux coups et au feu. Ainsi protégé, Jason réussit à maîtriser les deux taureaux. Il s'enfuit avec la toison d'or et Médée à Iolcos où, après de multiples mésaventures il finit par reconquérir le trône.

Médée était la fille du roi de Colchide Aéétès et la petite-fille du Soleil. Elle est devenue dans la littérature grecque le type même de la magicienne. C'est elle qui donna à Jason l'onguent qui le protégea des brûlures de taureau (voir Jason). Jason lui avait promis, une fois les taureaux domptés, de l'épouser. Médée, la toison d'or conquise, s'enfuit donc avec Jason et les Argonautes. Elle voulut se venger du roi Pélias qui avait envoyé Jason chercher la toison d'or (voir Jason). Elle persuada les filles de Pélias qu'elle savait rajeunir tout être vivant en le faisant bouillir dans une potion magique. Devant leurs yeux, elle dépeça un vieux bouc, jeta les morceaux dans une marmite, et, au bout de quelques minutes, un jeune agneau en sortit. Les filles de Pélias dépecèrent alors leur père, mais en fait de rajeunissement, il mourut ébouillanté. Après ce meurtre, Médée et Jason furent chassés du royaume par le fils de Pélias et partirent à Corinthe. Là, Jason voulut épouser la fille du roi Créon, mais Médée empoisonna sa rivale. Après ce deuxième crime, Médée s'enfuit à Athènes où elle épousa Egée. Après avoir été bannie par Thésée, Médée retourna en Colchide chez son père.

Médus est le fils d'Egée et de Médée. Il s'enfuit avec sa mère quand Thésée revint à Athènes.

Minos était un roi de Crète qui vivait, dit-on, trois générations avant la guerre de Troie. Il était fils de Zeus, mais il fut élevé par Astérion, le roi de Crète. Minos avait trois frères. Quand Astérion mourut, Minos voulut régner seul, mais ses trois frères firent des difficultés. Minos, pour prouver qu'il était le candidat préféré des dieux, offrit un sacrifice à Poséidon et lui demanda de faire sortir un taureau de la mer. Minos lui promit, en remerciement, de lui sacrifier l'animal. Poséidon envoya le taureau et les frères de Minos acceptèrent alors de lui laisser le trône. Mais Minos ne sacrifia pas le taureau: il le trouva si beau qu'il voulut le garder. Poséidon se vengea en rendant l'animal furieux. Ce taureau fut le père du Minotaure.
Minos épousa Pasiphaé, la fille du Soleil, avec qui il eut de nombreux enfants dont Ariane et Phèdre.
Il étendit son pouvoir sur toute la mer Egée. Il dirigea l'une de ses expéditions militaires contre Athènes pour venger son fils Androgée (voir Egée), et comme il remporta la victoire il exigea le tribut annuel de sept jeunes hommes et sept jeunes filles destinés à nourrir le Minotaure. Plus tard, Minos alla en Sicile avec une armée pour rechercher Dédale. Il le trouva chez le roi Cocalos. Là, les filles du roi, sur l'ordre de Dédale, tuèrent Minos.

Minotaure était le fils de Pasiphaé, la femme de Minos et du taureau envoyé par Poséidon en Crète. Minos, effrayé et honteux de la naissance de ce monstre, fit construire le Labyrinthe par Dédale et y enferma le Minotaure.

Pitthée, le père d'Éthra et le grand-père de Thésée, était roi de Trézène. Il avait une grande réputation de sagesse et d'éloquence et passait pour un excellent devin.

Procuste était un brigand célèbre qui vivait sur la route de Mégare à Athènes. Thésée le tua en allant à Athènes.

Scinis est l'un des brigands tués par Thésée le long de l'isthme de Corinthe, quand Thésée se rendit de Trézène à Athènes. Il avait coutume de plier les pins entre lesquels il attachait un homme puis il lâchait les arbres qui se redressaient violemment en déchirant les victimes.

Talos. Dans les légendes crétoises Talos est tantôt un homme, fils de Crès, un des héros de l'île, tantôt un robot de bronze fabriqué, selon les versions, soit par Héphaïstos, soit par Dédale.
Il était le gardien de l'île. Ceux qui essayaient d'aborder en Crète contre son gré étaient tués. Soit Talos leur jetait des pierres, soit il sautait dans le feu, portait son corps métallique au rouge et brûlait ses victimes en les étreignant. Talos était invulnérable sauf au bas de la jambe où il avait une petite veine à découvert. Médée, lors de l'arrivée des Argonautes en Crète, réussit à déchirer cette veine et Talos mourut.

Thésée. Après sa victoire sur le Minotaure, Thésée prit le pouvoir à Athènes. C'est lui, le premier, qui fit d'Athènes une grande ville. Il réunit en une seule cité les habitants jusque-là dispersés dans la campagne. Il fit construire les bâtiments politiques essentiels. Il battit monnaie, divisa la société en trois classes, les Nobles, les Artisans et les Cultivateurs et organisa la démocratie dans ses grandes lignes.

Avec sa lutte contre le Minotaure, les deux plus célèbres aventures de Thésée, sont la guerre des Amazones et la descente aux Enfers avec Pirithoos.

La guerre des Amazones: La plupart des mythographes racontaient que Thésée avait abordé au royaume des Amazones et qu'il avait été bien accueilli. Elles lui avaient envoyé des présents et Thésée avait invité celle qui les lui apportait, Antiopé, à monter sur son bateau. Une fois la jeune femme auprès de lui, il avait mis traîtreusement à la voile. Telle avait été la cause de la guerre. Les Amazones avaient envahi Athènes, mais les Athéniens finirent par gagner la guerre et les obligèrent à signer la paix.

La descente aux Enfers avec Pirithoos: Thésée s'était lié d'amitié avec Pirithoos. Tous deux avaient décidé de n'épouser que des filles de Zeus puisque tous deux étaient fils des deux plus grands dieux, Thésée de Poséidon, Pirithoos de Zeus. Thésée voulait obtenir la main d'Hélène et Pirithoos celle de Perséphone. Ils enlevèrent Hélène à Sparte, puis partirent aux Enfers pour chercher Perséphone. Pendant leur séjour aux Enfers, Castor et Pollux retrouvèrent Hélène cachée près d'Athènes, puis ils installèrent Ménésthée à la place de Thésée sur le trône d'Athènes. Aux Enfers, Thésée et Pirithoos furent invités à un banquet et quand ils voulurent partir, ils s'aperçurent qu'ils étaient attachés à leurs sièges. Quand Héraclès descendit aux enfers il voulut les délivrer, mais seul Thésée reçut des dieux l'autorisation de remonter sur terre. Pirithoos demeura éternellement attaché sur la chaise de l'oubli.

Délivré par Héraclès, Thésée revint à Athènes et trouva Ménestée sur le trône. Il s'exila alors dans l'île de Scyros. Certains auteurs af-

firment qu'il fut précipité du haut d'un rocher par le roi de l'île, d'autres, qu'il tomba tout seul et se tua.
En 469, l'oracle de Delphes ordonna aux Athéniens de recueillir les cendres de Thésée et de les enterrer dans la ville. Un certain Cimon partit donc à Scyros et rapporta les reliques. Les Athéniens accueillirent les cendres de leur héros avec des fêtes magnifiques. Ce tombeau devint un lieu d'asile pour les esclaves et les pauvres gens car, de son vivant, Thésée avait été le champion de la démocratie.